Gece Uyumayı Sevmeyen Çiçek

Sennur Sezer
Resimleyen: Semra Bulut

evrensel çocuk kitaplığı

DOĞA BASIN YAYIN
Dağıtım Ticaret Limited Şirketi
Tarlabaşı Blv. Kamerhatun Mah. Alhatun Sk. No: 25 Beyoğlu / İstanbul
T: 0212 255 25 46 F: 0212 255 25 87
www.evrenselbasim.com – cocuk@evrenselbasim.com – info@evrenselbasim.com

evrensel basım yayın 510
evrensel çocuk kitaplığı 47

Gece Uyumayı Sevmeyen Çiçek: Sennur Sezer

Resimleyen: Semra Bulut

Birinci Basım: Eylül 2012

ISBN 978-605-5315-27-6

Baskı: Ezgi Matbaası Sertifika No: 12142
Sanayi Caddesi Altay Sokak No: 10 Çobançeşme – Yenibosna / İstanbul
T: 0212 452 23 02 – 654 94 18
ezgimatbaa@mynet.com - www.ezgimatbaa.net

Bir zamanlar Anadolu'daki şehirlerden birinde bir bilgin yaşardı. Gördüğü her bitkiyi inceler, yaprağının biçimine, çiçeğinin rengine göre adlandırırdı.

Sonra iyi yetişip gelişmesi için neler gerektiğini incelerdi. Bunun için koca bir bahçe ayırmıştı.

Bahçede renk renk çiçekli bitkilerle kokulu otlar, çeşitli yemişlerin dallarından sarktığı ağaçlarla yan yanaydı.

Bilgin sabah kalkar kalkmaz yardımcılarıyla öğrencilerini yanına alıp bahçesini dolaşır; bitkilerini bir doktorun hastasını muayene etmesi gibi gözden geçirirdi. Bu arada kimini sular, kiminin toprağını kabartırdı.

Sonra bahçesinin bir köşesine serili hasıra bağdaş kurar, zeytinini ekmeğini yer, ıhlamurunu içerdi. Bunları yaparken de hep bir şeyler mırıldanırdı. Dudaklarının oynadığını görenler önce dua ettiğini sandılar. Dikkatle dinleyince de sözlerinin kiminin azar, kiminin övgü olduğunu fark ettiler. Peki, bilgin kimi azarlıyor, kimi övüyordu ki?

Sonunda öğrencilerinden biri bilgine sordu bunu. Bilgin de; "Dikkat edersen anlarsın" dedi.

O günden sonra öğrenci hem kulaklarını hem de gözlerini dört açtı. Bir sabah, bilginin, bir asma filizini çardağa çekerken, "Seni yaramaz seni, o yana gitme demedim mi," diye homurdandığını fark etti. Bilginin bitkilerle konuştuğunu arkadaşlarına söyleyince bilginin bitkilerin dilinden anladığı masalı yayıldı şehre. Diyorlardı ki, "Bilgin otlara, çiçeklere ne işe yaradıklarını soruyor; onları verdikleri cevaplara göre ayırarak ilaç yapsınlar diye eczacılara, hekimlere satıyor."

O günden sonra, bilgin "bitkilerin dilinden anlamak için biraz dikkatin yeterli" olduğunu söylediyse de fayda etmedi. "Bahçıvanlar bitkinin renginden, gelişmesinden su isteyip istemediğini, güneşi sevip sevmediğini anlar" dediyse de, "bir otun hangi hastalığa iyi geldiğini yazan kitapları okumak gerekli" diye uyardıysa da para etmedi.

Öğrencileri, "Sen bize önce otların çiçeklerin sesini duymayı öğret" diye tutturdular. Sonunda öğretmenlerini bırakıp ot dilini öğrenmek için başka ülkelere gitmeye karar verdiler.

Bunu öğretmenlerine söyleyince o, "Önce kendinizi bir deneyin" dedi. "Her biriniz bahçenin bir köşesindeki bitkilerden birini seçsin. Kardeşi gibi baksın. Ben de bir yolculuğa çıkıyorum altı ay içinde döneceğim. Altı ay içinde kardeş seçtiği bitkinin dilini öğrenemeyen istediği yere gidebilir."

O günden sonra öğrenciler arasında bir yarıştır başladı.

Kimi kendine az bulunan değerli bir çiçeği kardeş seçti, kimi bir kır çiçeğini.

Her gün çiçek kardeşini görmeye bahçeye giden öğrenciler, zamanla öteki bitkilere de dikkat etmeye, bitkinin nelerden hoşlandığını anlamaya başladı.

Altı ay sonra bilgin bahçesine döndüğünde ne görsün, öğrencilerinin hepsi bahçede, her biri bitkilerle ayrı ayrı konuşuyor, bahçenin bakımında yardımlaşıyor.

"Senin çiçeğin, benim ağacım..." çekişmesi kalmamış.

Bilgin, "İşte," dedi "bitkilerin dilinden anlamaya başlamışsınız. Artık bensiz daha iyi başaracağınıza eminim." Sonra her öğrencisine bir fidan armağan edip bir başka şehre gönderdi.

Bilgin bahçesine dönünce öğrencilerden birinin bir ağacın dibinde uyuduğunu gördü.

Şakacı bir sesle, "Uyan bakalım koca tembel" dedi. "Arkadaşların çoktan ulaştı gitmek istedikleri şehre."

Öğrenci bilginin sesiyle fırladı yerinden. Bu, genç bir kızdı.

"Bağışlayın öğretmenim" dedi; "Gecekokusu, hiç uyumadı da, onunla oturdum."

Bilgin hiç duymadığı bir bitkinin adını anan kıza baktı,

"Sen de kimsin?" diye sordu. "Benim kız öğrencim yok."

Genç kız gülümseyerek yanıtladı:

"Öğrenciniz benim ağabeyim. Babam beni ona göz kulak olayım diye yollamıştı."

Genç kız, bilginin ses çıkarmadığını görünce;

"Doğduğum yeri özlemeyeyim diye bir de fidan getirdim yanımda" diye ekledi.

"Büyüyor, çiçeklendi ama yerini yadırgadı." Bilgin o zaman kızın altında oturduğu ağaççığı fark etti. Yaklaşıp baktı. Leylak fidelerine benziyordu. Çiçekleri de leylak salkımları gibiydi ama yemyeşildi.

"Nedir bu?" diye sordu. Kız gülümsedi:

"Gecekokusu deriz..."

Bilgin bir daha bakınca çiçeklerin yalnız yeşil değil cansız durduğunu da fark etti. "Pörsümüşler" dedi.

Kız, "Uyuyorlar..." dedi fısıltıyla "Gece gelin görün bir de."

Bilgin geceyi zor bekledi. Bahçesine girdiğinde hiç tanımadığı güzel bir kokuyla irkildi. Bu güzel kokunun ağaççığın çiçeklerinden geldiğini anladı. Şimdi hepsi canlanmıştı.

Genç kız, "İşte bu yaramaz," dedi, "öteki ağaçlar çiçekler uyuduğundan gece beni uyutmuyor."

Bilgin "O zaman, ona arkadaşlık edecek bir çiçek bul" dedi.

Bir süre sonra gecekokusunun dibinde pembeli beyazlı gecesefaları açtı.

Bilgin bitkilerin dilinden anlayan bu zeki kızı, öğrendiklerini yaysın diye doğduğu şehre gönderdi.

Bugün, Hatay'ın Harbiye adlı beldesine gidenler, yaz geceleri rüzgârın çevreye yaydığı güzel kokuyu duyarlar.